5

1914

1650

Der Rote Falke

8. HASS UND NEID

Zeichnung
VENANZI
Text
COTHIAS

FINIX COMICS

Band 1
„Der Rote Falke 1"
erschien 1986
beim Reiner Feest Verlag

Band 2
„Der Rote Falke 2"
erschien 1987
beim Reiner Feest Verlag

Band 3
„Der Rote Falke 3"
erschien 1989
beim Reiner Feest Verlag

Band 1
„Die rote Maske"
Januar 2012
© Finix Comics

Band 2
„Friedhof der Unschuldigen"
Mai 2012
© Finix Comics

Band 3
„Verabredung bei Chantilly"
September 2012
© Finix Comics

Band 4
„Die Verschwörer"
März 2001
bei Kult Editionen

Band 5
„Der König der Narren"
August 2001
bei Kult Editionen

Band 6
„Das Starennest"
Mai 2003
bei Kult Editionen

Band 7
„Verwandte Seelen"
Oktober 2003
bei Kult Editionen

Band 8
„Hass und Neid"
Januar 2012
© Finix Comics

Band 9
„Die Schwarze Witwe"
Mai 2012
© Finix Comics

Band 10
„Auf ein Glas, Kamerad"
September 2012
© Finix Comics

FINIX COMIC CLUB

© Finix Comics · Hadamar · 1. Auflage Januar 2012
Aus dem Französischen von Dr. Marcus Schweizer
MASQUEROUGE: LES MAUVAIS SENTIMENTS

Clubleitung: Marc Schnackers / Lektorat: Peter Nover, Uwe Peter, Stefan Pfannenstiel
Lizenz / Bearbeitung: Marc Schnackers / Horst Gotta
Lettering: Robert Zingerle
Layout / Covergestaltung: Kai Frenken
Herstellung: Horst Gotta
Druck und buchbinderische Verarbeitung: Himmer AG, Augsburg

Hardcover ISBN: 978-3-941236-53-0

Die Veröffentlichung dieses Albums wurde durch die Investoren des Finix Comic Club ermöglicht.
Der Rote Falke Band 8 erscheint in einer 1. Auflage von 1.200 Exemplaren in Hardcover.
Weitere Informationen über den Club und seine Buchedition unter: www.finix-comics.de

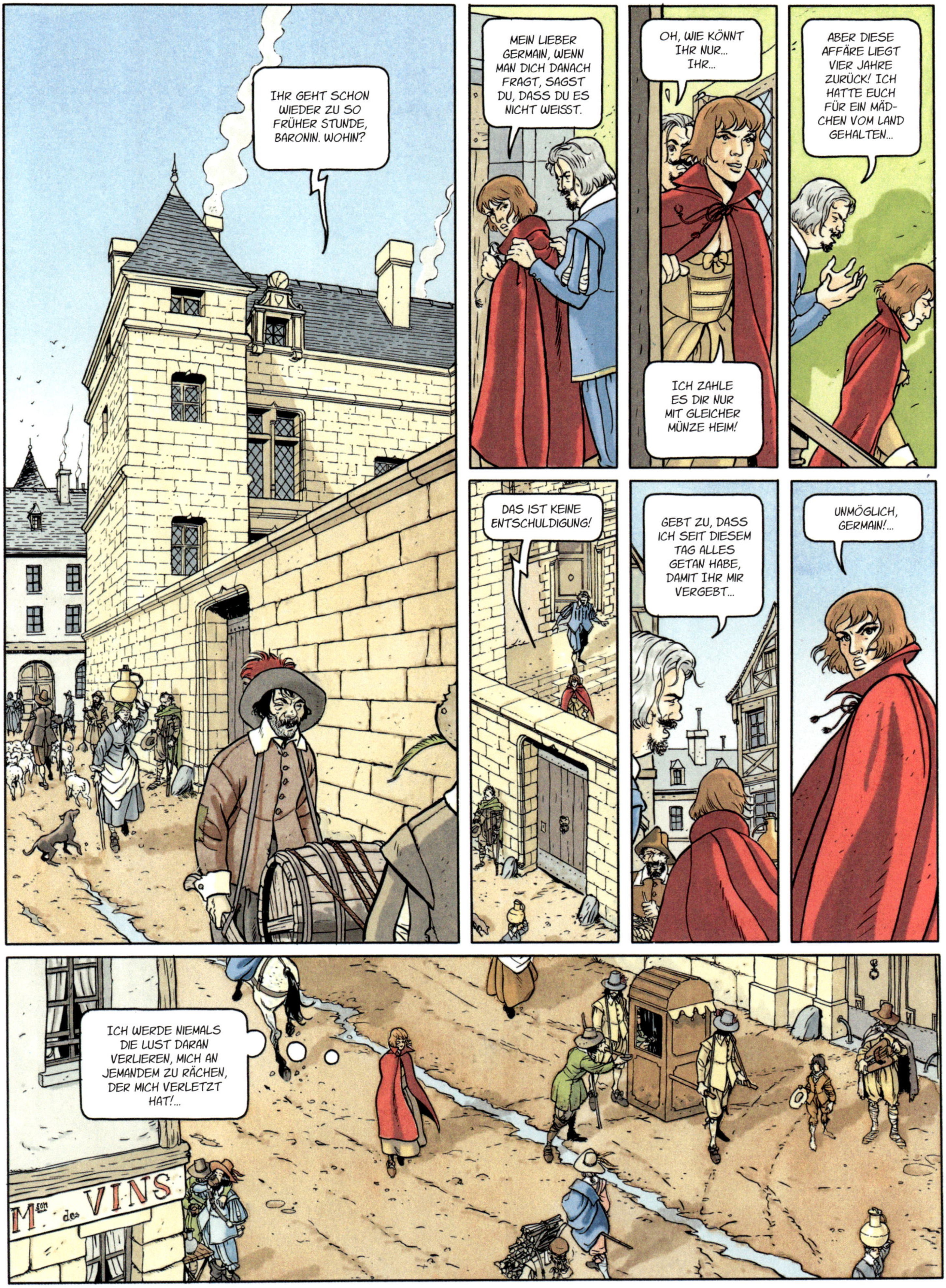
IHR GEHT SCHON WIEDER ZU SO FRÜHER STUNDE, BARONIN. WOHIN?
MEIN LIEBER GERMAIN, WENN MAN DICH DANACH FRAGT, SAGST DU, DASS DU ES NICHT WEISST.
OH, WIE KÖNNT IHR NUR... IHR...
ICH ZAHLE ES DIR NUR MIT GLEICHER MÜNZE HEIM!
ABER DIESE AFFÄRE LIEGT VIER JAHRE ZURÜCK! ICH HATTE EUCH FÜR EIN MÄDCHEN VOM LAND GEHALTEN...
DAS IST KEINE ENTSCHULDIGUNG!
GEBT ZU, DASS ICH SEIT DIESEM TAG ALLES GETAN HABE, DAMIT IHR MIR VERGEBT...
UNMÖGLICH, GERMAIN!...
ICH WERDE NIEMALS DIE LUST DARAN VERLIEREN, MICH AN JEMANDEM ZU RÄCHEN, DER MICH VERLETZT HAT!...
Mon des VINS

IM MÄRZ DES JAHRES DER GNADE 1621 IST LUDWIG XIII. NACH DEM TODE VON HEINRICH IV. SEIT ELF JAHREN KÖNIG VON FRANKREICH, ABER TATSÄCHLICH REGIERT DER NEUE MONARCH ERST SEIT VIER JAHREN SELBST...
MAN SAGT, DASS SEINE GEMAHLIN, DIE INFANTIN ANNA VON ÖSTERREICH, FROMM GEWORDEN IST, NACHDEM SIE IN IHM NICHT DEN ERTRÄUMTEN GATTEN GEFUNDEN HAT.
UNTER IHRER AUFSICHT IST PARIS MIT BAUSTELLEN FÜR PRIORATE UND KLÖSTER FÜR MÖNCHE UND NONNEN ÜBERSÄT...
ALL DIESE GRÜNDUNGEN FINDEN BEI DEN LEUTEN DES REFORMIERTEN GLAUBENS WENIG ANKLANG, SIE SIND DARÜBER ERSTAUNT, DASS SO VIEL GELD AUSGEGEBEN WIRD, UM KATHOLISCHE EINRICHTUNGEN ZU ERRICHTEN.
IN IHREN VERSAMMLUNGEN HALTEN SIE SICH NICHT GERADE DAMIT ZURÜCK, WELCHE GEFÜHLE SIE IN DIESER HINSICHT HEGEN.
DIE KATHOLIKEN IHRERSEITS BETRACHTEN DIE REFORMIERTEN ZIEMLICH MISSBILLIGEND UND AM ENDE DES MONATS SIEHT SICH DAS LAND EINEM BÜRGERKRIEG GEGENÜBER...

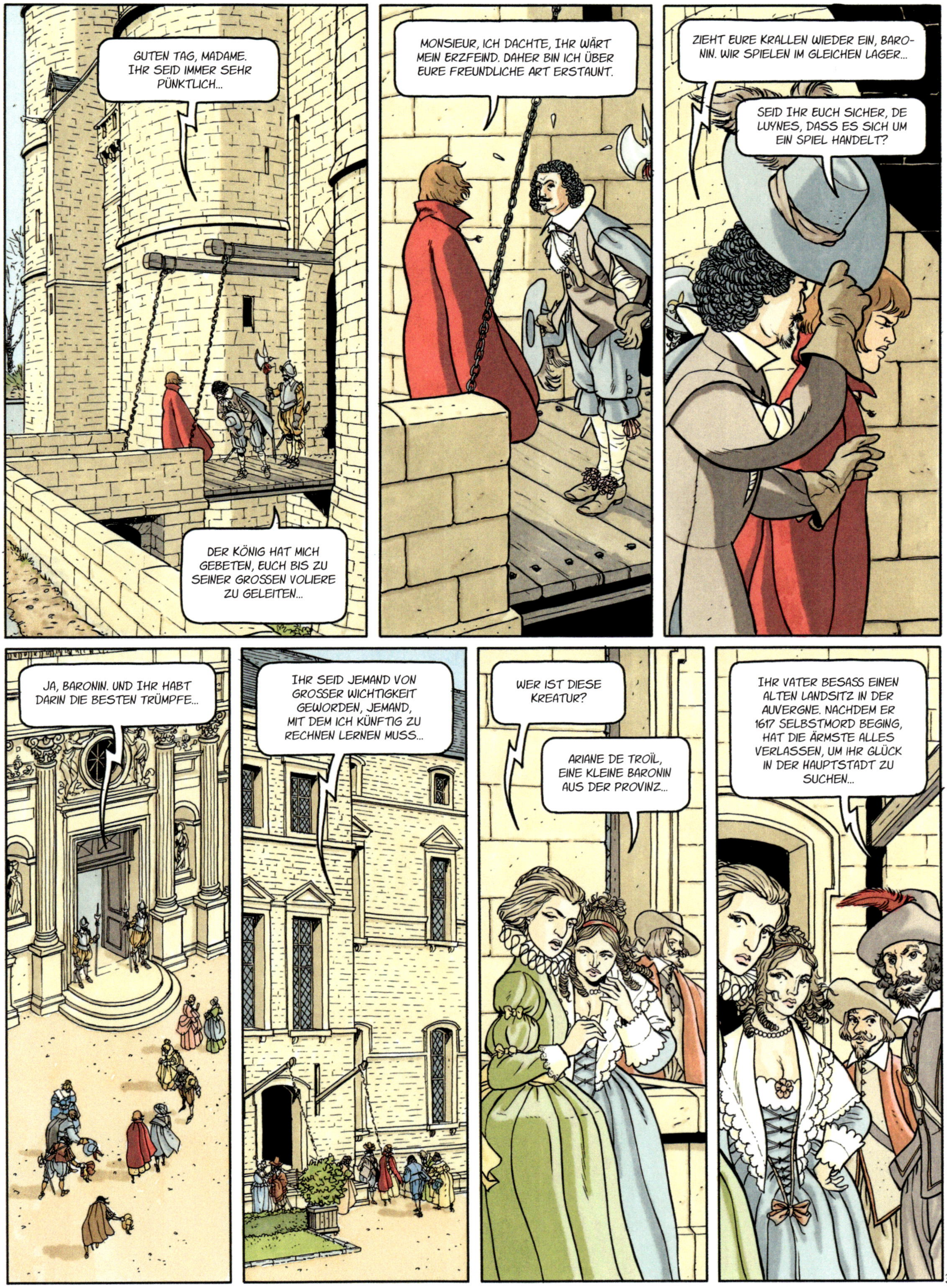
GUTEN TAG, MADAME. IHR SEID IMMER SEHR PÜNKTLICH...
DER KÖNIG HAT MICH GEBETEN, EUCH BIS ZU SEINER GROSSEN VOLIERE ZU GELEITEN...
MONSIEUR, ICH DACHTE, IHR WÄRT MEIN ERZFEIND. DAHER BIN ICH ÜBER EURE FREUNDLICHE ART ERSTAUNT.
ZIEHT EURE KRALLEN WIEDER EIN, BARONIN. WIR SPIELEN IM GLEICHEN LAGER...
SEID IHR EUCH SICHER, DE LUYNES, DASS ES SICH UM EIN SPIEL HANDELT?
JA, BARONIN. UND IHR HABT DARIN DIE BESTEN TRÜMPFE...
IHR SEID JEMAND VON GROSSER WICHTIGKEIT GEWORDEN, JEMAND, MIT DEM ICH KÜNFTIG ZU RECHNEN LERNEN MUSS...
WER IST DIESE KREATUR?
ARIANE DE TROÏL, EINE KLEINE BARONIN AUS DER PROVINZ...
IHR VATER BESASS EINEN ALTEN LANDSITZ IN DER AUVERGNE. NACHDEM ER 1617 SELBSTMORD BEGING, HAT DIE ÄRMSTE ALLES VERLASSEN, UM IHR GLÜCK IN DER HAUPTSTADT ZU SUCHEN...

MAN SAGT, DASS DIESES ZANKWEIB DARAUF HOFFT, DEN KÖNIG VERFÜHREN ZU KÖNNEN, UM VON IHM BEWEISE SEINER GUNST ZU ERHALTEN, ABER DARAN WIRD SIE SICH DIE ZÄHNE AUSBEISSEN!
KEIN WORT DAVON IST WAHR, MEINE TEUERSTE...
DIESE HURE VOM LAND HATTE SICH MIT IHREM DIENER IN EINER ELENDEN BRUCHBUDE VERKROCHEN, ABER LUDWIG HAT IHR DAS NUTZRECHT EINES WOHNSITZES IM NEUEN VIERTEL MARAIS GEWÄHRT, WELCHER BEI DIESER GELEGENHEIT IN „HÔTEL DE TROÏL" UMBENANNT WURDE...
DER KÖNIG IST ALSO VERLIEBT?
JA, MEINE LIEBE, DIE KÖNIGIN RAST VOR EIFERSUCHT...
EURE MAJESTÄT, DIE BARONIN ARIANE DE TROÏL...
DANKE, HERZOG. LASST UNS ALLEIN...
ARIANE, ICH BIN ERFREUT, EUCH WIEDERZUSEHEN. ICH HABE NACHGEDACHT...
ICH AUCH...
IHR HABT MIR WIRKLICH DEN KOPF VERDREHT. ICH FÜRCHTE, DASS ICH NICHT MEHR AUF EUCH VERZICHTEN KANN...
STÖRE ICH EUCH, MONSIEUR?
ABER NEIN, MEINE FREUNDIN. WIE KÖNNEN SIE NUR SO ETWAS DENKEN?

MAN BEGINNT, ÜBER EURE TREULOSIGKEIT ZU REDEN...
MEINE FREUNDIN, ICH KANN EUCH NICHT UNTREU SEIN, ICH HABE NOCH NIE DAS BETT MIT EUCH GETEILT...
JEDER HIER WEISS, DASS MICH DAS SCHÖNE GESCHLECHT NICHT LOCKT...
WARUM DANN DIESES WEIBSSTÜCK? WAS HAT SIE, WAS ICH NICHT HABE?
MADAME, DA IHR MICH ZWINGT, EUCH ALLES ZU SAGEN, ERINNERE ICH EUCH NOCHMALS DARAN, DASS IHR MEINE KÖNIGIN NUR AUS GRÜNDEN DER STAATSRÄSON SEID...
... UND DASS IHR UND ICH NOCH KEINE VIERZEHN JAHRE ALT WAREN, ALS MEINE MUTTER UNS DAZU BENUTZT HAT, UM FRANKREICH UND DAS SPANISCHE HAUS EINANDER ANZUNÄHERN...
JA, MONSIEUR. ABER HEUTE SIND WIR ZWANZIG. ES WIRD ZEIT, DASS DIESE ANNÄHERUNG FRÜCHTE TRÄGT. EUER REICH BRAUCHT EINEN MÄNNLICHEN ERBEN!...
BESTEHT NICHT DARAUF, MEINE FREUNDIN, ODER IHR WERDET MICH LETZTLICH NOCH ERNSTHAFT WÜTEND MACHEN. IHR WISST, DASS MEINE KÖNIGLICHEN WUTANFÄLLE FURCHTBAR SIND!
MAJESTÄT...
ICH SAGE EUCH, KEIN WEITERES WORT MEHR!

DIESE SITUATION IST VOLLKOMMEN ABSURD, MAJESTÄT, ICH HABE NICHT DAS RECHT, EUCH VON EUREN KÖNIGLICHEN PFLICHTEN ABZULENKEN...
DOCH, ARIANE, IHR HABT VON NUN AN JEDES RECHT. ICH LIEBE EUCH! UND ICH WEISS, DASS IHR MICH AUCH LIEBT! IHR HABT ES MIR BEWIESEN!...
DAS IST KEINE LIEBE, MAJESTÄT! ES IST NUR DAS ZUSAMMENTREFFEN ZWEIER EINSAMER SEELEN...
ES IST NUR DER AUSDRUCK UNSERES GROLLS, WENN NICHT SOGAR TIEFER LANGEWEILE, DIE IHR UND ICH GEGENÜBER UNS SELBST EMPFINDEN...
ARIANE, IHR ERSCHRECKT MICH! WIE KÖNNT IHR NUR SO DESILLUSIONIERT SEIN?
IST ES WEGEN DES GEHEIMNISSES UM EURE JUGENDZEIT?...
OH! ES HANDELT SICH NICHT UM EIN ECHTES GEHEIMNIS...
NEIN! SAGT MIR NICHTS! BEHALTET EUER GEHEIMNIS! ES MACHT ZWEIFELSOHNE EINEN TEIL EURES CHARMES AUS, ABER ICH FÜRCHTE, DASS ES NICHT GENÜGT, UM ALLES ZU ERKLÄREN...

ES GIBT ETWAS ANDERES AN EUCH, DAS MICH FASZINIERT...
VIELLEICHT MEIN CHARAKTER EINES VERHINDERTEN JUNGEN?...
OH, MADAME! EINE SOLCH IRONISCHE BEMERKUNG VON EUCH IST HINTER-LIST!...
IHR HABT RECHT, MAJESTÄT. ICH BITTE EUCH UNTERWÜRFIG UM VERZEIHUNG...
ICH BIN EIN TRÜB-SINNIGER TRAMPEL...
UND ICH, MA-DAME, DER KÖNIG DES THEATERS...
WENN ICH NUR MEINEM VATER ÄHNLICH WÄRE, DANN WÜSSTE ICH EUCH ZU VERFÜHREN! ICH WÜSSTE, WIE ICH EUCH EUER UNGLÜCK VERGESSEN LASSEN KÖNNTE!...
MEIN VATER WAR DER SCHÖNSTE MANN SEINER ZEIT UND DER GRÖSSTE ALLER KÖNIGE. ER HIELT SICH SO GERADE, DASS ER MANCHMAL DEN EIN-DRUCK EINES RIESEN ERWECKTE, OBWOHL ER IN WAHRHEIT VON NORMALER STATUR WAR...
UND ICH BIN NICHT FÄHIG, IHM NACHZUFOLGEN...
IHR UNTERSCHÄTZT EUCH...
DANN BEWEIST ES MIR! GEWÄHRT MIR MEINE CHANCE!...

DEN GANZEN TAG ÜBER GIBT SICH DER KÖNIG DEN ANSCHEIN DES BEHERZTEN RITTERS OHNE FURCHT UND TADEL, WÄHREND DIE BARONIN FREUNDLICHERWEISE SO TUT, ALS WÜRDE SIE GEWISSE UNGESCHICKLICHKEITEN NICHT BEMERKEN...
ICH HABE MEINEN SPERBER DARAUF DRESSIERT, NIEDERWILD ZU JAGEN...
SEHT, WIE ER SEINE RUNDEN DREHT. ICH GLAUBE, DASS ER GERADE NACH EINER BEUTE AM BODEN SUCHT...
ARME KLEINE TIERE! SIE SCHREIEN, WENN ER SICH AUF SIE STÜRZT, UM SIE MIT SEINEM SPITZEN SCHNABEL IN STÜCKE ZU REISSEN...
IN DER UMGANGSSPRACHE IST DER SPERBER OFT DAS SYMBOL FÜR BEGIERDE UND HABSUCHT...
DA DAS WEIBCHEN STÄRKER ALS DAS MÄNNCHEN IST UND AUCH VIEL GESCHICKTER, ERINNERT ER AUCH AN DAS PAAR, IN DEM DIE FRAU DOMINIERT...
WARUM MÜSSEN DIE GESCHICHTEN IMMER MIT EIN WENIG BLUT ENDEN...
WEIL SIE DAMIT AUCH BEGINNEN, MEIN HERZ...
FINDET DIE GEBURT NICHT UNTER SCHMERZEN STATT? DIE WELT IST SO GEMACHT...
KÖNNT IHR NICHT VERSUCHEN, SIE ZU ÄNDERN, IHR, DER KÖNIG?
EIN KÖNIG, AUCH WENN ER DER GRÖSSTE WÄRE, KANN SICH DEM GÖTTLICHEN WILLEN NICHT WIDERSETZEN. MEIN VATER HAT ES WOHL VERSUCHT, IST ABER DARÜBER GESTORBEN!
8.

AM ABEND WURDE LUDWIG ZUM MÄRCHENPRINZEN, WÄHREND ARIANE GEGEN IHRE ÜBERZEUGUNGEN ANKÄMPFTE, UM SICH GEHEN ZU LASSEN UND SICH DER LUST HINZUGEBEN...
SEID IHR HUNGRIG, ARIANE?
NEIN, LUDWIG. ICH HABE IMMER NUR DEN APPETIT EINES VÖGELCHENS...
OH! DANN SIND WIR UNS AUCH DARIN ÄHNLICH...
LUDWIG! IHR SEID VERRÜCKT!...
JA... ICH BIN VERRÜCKT NACH EUCH!...
DAS IST EINE SÜSSE VERRÜCKTHEIT...
ICH LIEBE DICH! ICH LIEBE DICH! ICH LIEBE DICH!...
WARUM BIN ICH NICHT FÄHIG, SELBST AN MICH ZU GLAUBEN?
LUDWIG, ICH LIEBE DICH AUCH, TROTZ MEINER SKRUPEL UND MEINER GRIMASSEN. DU BIST DER ERSTE MANN, DEM ICH MICH FREIWILLIG HINGEBE, UND DU, DU WILLST AN MICH GLAUBEN...

AM NÄCHSTEN MORGEN LÄSST SICH DIE SONNE SEHEN...
... UND DER FRÜHLING ERBLÜHT. MAN HAT DEN EINDRUCK, DASS ES NUR SEHR WENIG BRAUCHT, DAMIT ALLES GANZ EINFACH WIRD...
ABER EIN KÖNIG KANN NIEMALS WIRKLICH DIE PFLICHTEN SEINES AMTS VERGESSEN...
... UND SEINE UNTERTANEN BEEILEN SICH, WIEDER IHREN PLATZ EINZUNEHMEN...
DIE KÖNIGIN VERLANGT HARTNÄCKIG NACH SEINER ANERKENNUNG...
... SIE FLEHT, SIE DROHT...
WO ZUM TEUFEL HABT IHR EUCH HEUTE NACHT HERUMGETRIEBEN UND IN WESSEN BEGLEITUNG?
WIE OFT MUSS ICH ES DIR NOCH SAGEN, DASS MEINE BESCHÄFTIGUNGEN DICH NICHTS ANGEHEN?
DA BIN ICH ANDERER ANSICHT: EUER VATER HAT MIR DIE EHRE SEINES VERTRAUENS ERWIESEN, ALS ER MICH BAT, EUCH VOR ALLEN FALLSTRICKEN ZU BESCHÜTZEN...

MEIN VATER WUSSTE NICHT, AUF WELCHE ART DU DICH AN MIR VERGANGEN HATTEST...
WIE OFT WERDET IHR MIR DAS NOCH VORWERFEN?
SO OFT WIE DU SO TUST, ALS HÄTTEST DU ES VERGESSEN!
GUT! ICH BESTEHE NICHT WEITER DARAUF! IHR SEID HEUTE BEI WEITEM ZU KAMPFESLUSTIG!...
APROPOS KAMPF, WISST IHR, DASS SICH DIE KETZER VON LA ROCHELLE VOR KURZEM ERHOBEN HABEN?
DIESE NEUIGKEIT WIRD DIE BEZIEHUNGEN ZWISCHEN DEN BEIDEN VERFEINDETEN PARTEIEN NUR NOCH WEITER BELASTEN...
MAJESTÄT, WIR MÜSSEN UM JEDEN PREIS DIE REVOLUTION DER HUGENOTTEN VON LA ROCHELLE NIEDERSCHLAGEN, BEVOR SICH DIE HEILIGE LIGA WIEDER AUS IHRER ASCHE ERHEBT...
... UND SIE ANSTELLE DER REGIERUNG BEKÄMPFT, INDEM SIE EINE NEUE BARTHOLOMÄUSNACHT PROVOZIERT...

WAS?! IHR, DU PLESSIS, WAGT ES, MIR VORZUSCHLAGEN, DIE ERREGUNG DER ERZKATHOLIKEN ZU ZÜGELN? IHR, DER IN DEN DIENSTEN MEINER MUTTER STEHT?!
MAJESTÄT, ICH BIN ES EIN WENIG LEID, NUR DIE KREATUR DER MEDICI ZU SEIN UND AUF DER SEITE DER SPANISCHEN INQUISITION ZU STEHEN...
ES LIEGT NUR AN EUCH, DASS ICH ETWAS ANDERES ALS DER BISCHOF VON LUÇON SEIN WERDE UND MEINE FÄHIGKEITEN IN EUREN DIENST STELLE...
WAS FÜR FÄHIGKEITEN?
IHR WERDET ES BALD SEHEN, WENN IHR MICH GEWÄHREN LASST...
WAS HALTET IHR DAVON, DE LUYNES?
NA JA, ÄH, ICH DENKE, DASS DIE IDEE NICHT SCHLECHT IST...
WIR MÜSSEN DIE INITIATIVE ERGREIFEN, UM DEN FANATIKERN ZUVOR ZU KOMMEN, INDEM WIR GEGEN DIE HUGENOTTEN VON LA ROCHELLE MARSCHIEREN, UND SIE OHNE ÜBERMÄSSIGE GEWALT UNTERWERFEN.
WAS GENAU STEHT UNS ZUR VERFÜGUNG?

DIE ARMEE ZÄHLT HEUTE 40.000 FUSSSOLDATEN UND 6.000 REITER...
... ABER FÜR EINEN FELDZUG FEHLT ES AN GELD...
GELD SOLLTE FÜR DEN ALLERCHRIST-LICHEN KÖNIG KEIN PROBLEM DARSTELLEN...
ES GENÜGT, RENTENPAPIERE ÜBER 400.000 LIVRES AUF DIE SALZSTEUER VON FRANKREICH UND DEN SALZSPEICHER DER STEUEREINTREIBER AUSZUGEBEN...
EIN NEUER RELIGIONSKRIEG AM HORIZONT REICHT AUS, UM BESORGNIS IN DIE HERZEN ZU BRINGEN...
MAN WEISS NIE, WIE DIESE ART VON BRUDER-KRIEGEN AUS-GEHT...
DENNOCH KÄMPFT DER KÖNIG AM NÄCHSTEN TAG, DEM ERSTEN APRIL, WEITER DARUM, DIE LIEBE NICHT MIT DEN UNWÄGBARKEITEN DER POLITIK ZU VERMISCHEN...
MADAME, ICH FÜRCHTE, ICH MUSS EUCH BALD VERLASSEN, UM IN DEN KRIEG ZU ZIEHEN...

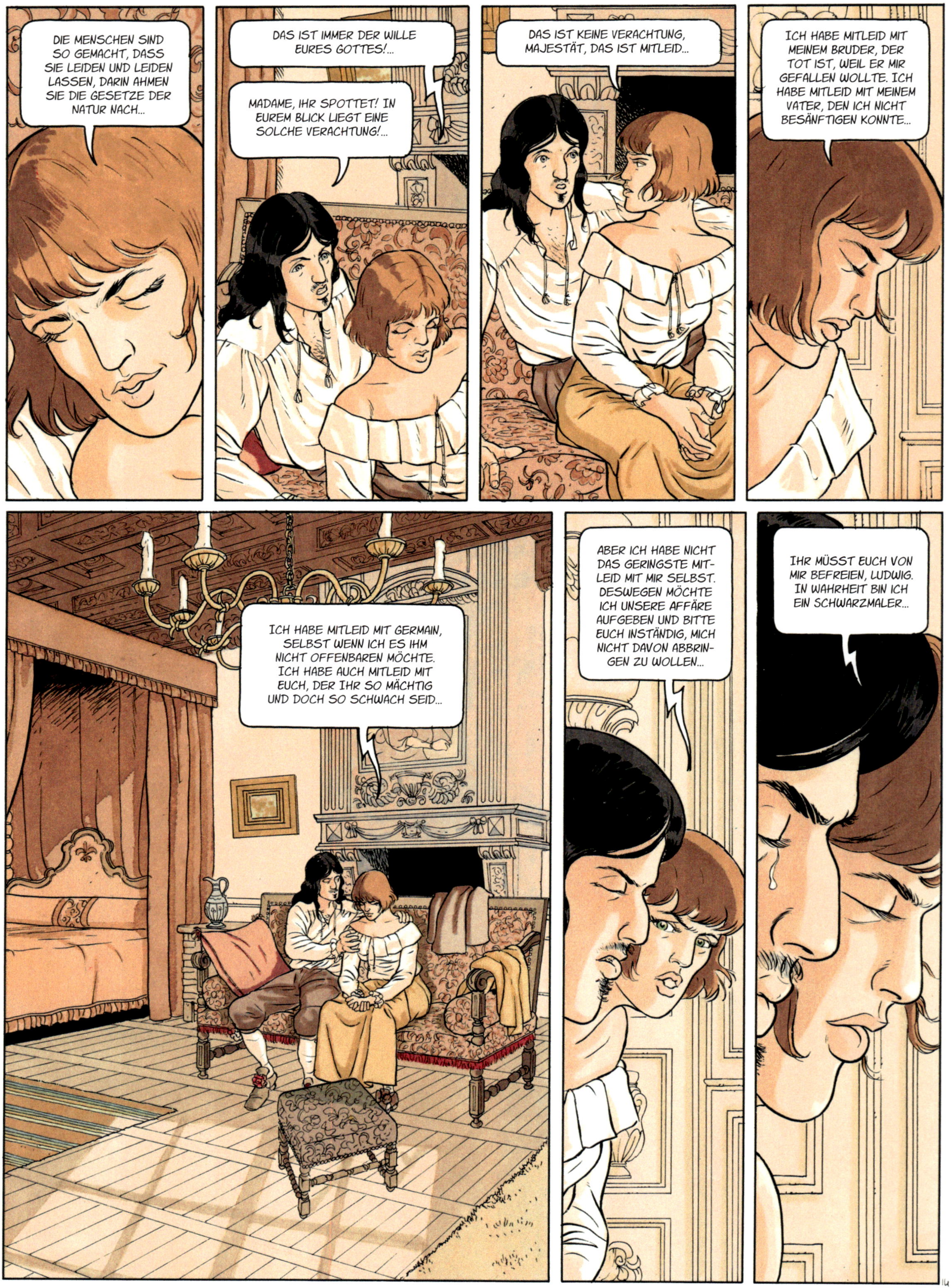
DIE MENSCHEN SIND SO GEMACHT, DASS SIE LEIDEN UND LEIDEN LASSEN, DARIN AHMEN SIE DIE GESETZE DER NATUR NACH...
DAS IST IMMER DER WILLE EURES GOTTES!...
MADAME, IHR SPOTTET! IN EUREM BLICK LIEGT EINE SOLCHE VERACHTUNG!...
DAS IST KEINE VERACHTUNG, MAJESTÄT, DAS IST MITLEID...
ICH HABE MITLEID MIT MEINEM BRUDER, DER TOT IST, WEIL ER MIR GEFALLEN WOLLTE. ICH HABE MITLEID MIT MEINEM VATER, DEN ICH NICHT BESÄNFTIGEN KONNTE...
ICH HABE MITLEID MIT GERMAIN, SELBST WENN ICH ES IHM NICHT OFFENBAREN MÖCHTE. ICH HABE AUCH MITLEID MIT EUCH, DER IHR SO MÄCHTIG UND DOCH SO SCHWACH SEID...
ABER ICH HABE NICHT DAS GERINGSTE MITLEID MIT MIR SELBST. DESWEGEN MÖCHTE ICH UNSERE AFFÄRE AUFGEBEN UND BITTE EUCH INSTÄNDIG, MICH NICHT DAVON ABBRINGEN ZU WOLLEN...
IHR MÜSST EUCH VON MIR BEFREIEN, LUDWIG. IN WAHRHEIT BIN ICH EIN SCHWARZMALER...

AM 4. APRIL BEGIBT SICH DER KÖNIG PERSÖNLICH IN SEINEN JUSTIZPA-LAST, UM DIE MITGLIEDER SEINES PARLAMENTS ZU VERPFLICHTEN, SEINE ERLASSE ZU GENEHMIGEN. ER WILL GELDER GENERIE-REN, MIT DENEN DER SOLD DER SOLDATEN BEZAHLT WERDEN KANN...
DANACH BRICHT ER MIT DEM HERZOG DE LUYNES ZU SEINEM SCHLOSS FONTAINEBLEAU AUF UND LÄSST DIE HAUPTSTADT IN DER OBHUT DES BEFEHLSHABENDEN GRAFEN VON SOISSONS.
AM NÄCHSTEN TAG ERFÄHRT MAN, DASS WEITERE REVOLTEN IM SÜDWESTEN UND IN DER PROVENCE AUSGEBROCHEN SIND...
AM 27. APRIL NIMMT DER KÖNIG DEN FELDZUG ALS VORWAND, UM SICH VON SEINER GRIESGRÄMIGEN GATTIN ABZUWENDEN...
... OHNE ZU AHNEN, DASS DER BÜRGERKRIEG IHN BIS ENDE NOVEMBER BINDEN UND BEI DER BELAGERUNG VON MONTAUBAN MIT DER NIEDERLAGE SEINER ARMEE ENDEN WIRD...

IM MAI TU WAS DIR GEFÄLLT...
AM ERSTEN TAG IM MAI ERHÄLT DER ACHTZEHNJÄHRIGE PIERRE DE LA PORTE VON DER KÖNIGIN DEN TITEL EINES GARDEROBEN-OFFIZIERS; ER WIRD IHR ZUVERLÄSSIGSTER VERTRAUTER.
UM SICH DIE ZEIT ZU VERTREIBEN, GIBT SICH DIE ARME, IM STICH GELASSENE IMMER MEHR FRÖMMIGKEITSÜBUNGEN HIN UND FASST DEN GEDANKEN, IN PARIS EIN NEUES KLOSTER ZU GRÜNDEN, DAS NOCH REICHER UND SCHÖNER ALS ALLE BISHERIGEN IST...
... UND IN WELCHES SIE VON ZEIT ZU ZEIT GEHEN KÖNNTE, UM SICH ZUM GEBET ZURÜCK ZU ZIEHEN, IN DER HOFFNUNG, AM FUSS DES KREUZES IHRE INNERE RUHE WIEDERZUFINDEN, WOVON SIE IN IHREM SCHLOSS, DEM LOUVRE, WEIT ENTFERNT IST...
AM 7. MAI VERPFLICHTET SIE SICH IM NAMEN DES KLOSTERS DES TALS DER GNADE ZUM KAUF EINES GROSSEN PLATZES MIT EINIGEN GEBÄUDEN, DEN MAN ZUVOR „DAS LEHEN VON VALOIS" ODER DEN „PETIT-BOURBON" NANNTE.
DIE KÖNIGIN BESTEHT DARAUF, DASS IHR TREULOSER KÖNIG AUF SEIN WELTLICHES RECHT VERZICHTET, DIE ORDENSFRAUEN ZU BENENNEN, UND VERFÜGT, DASS DIE ÄBTISSINNEN GEWÄHLT WERDEN...
MARGUERITE D'ARBOUZE WIRD KÜNFTIG DIE GEMEINSCHAFT LEITEN, DEREN WOHLSTAND SICH BESTÄNDIG MEHRT...

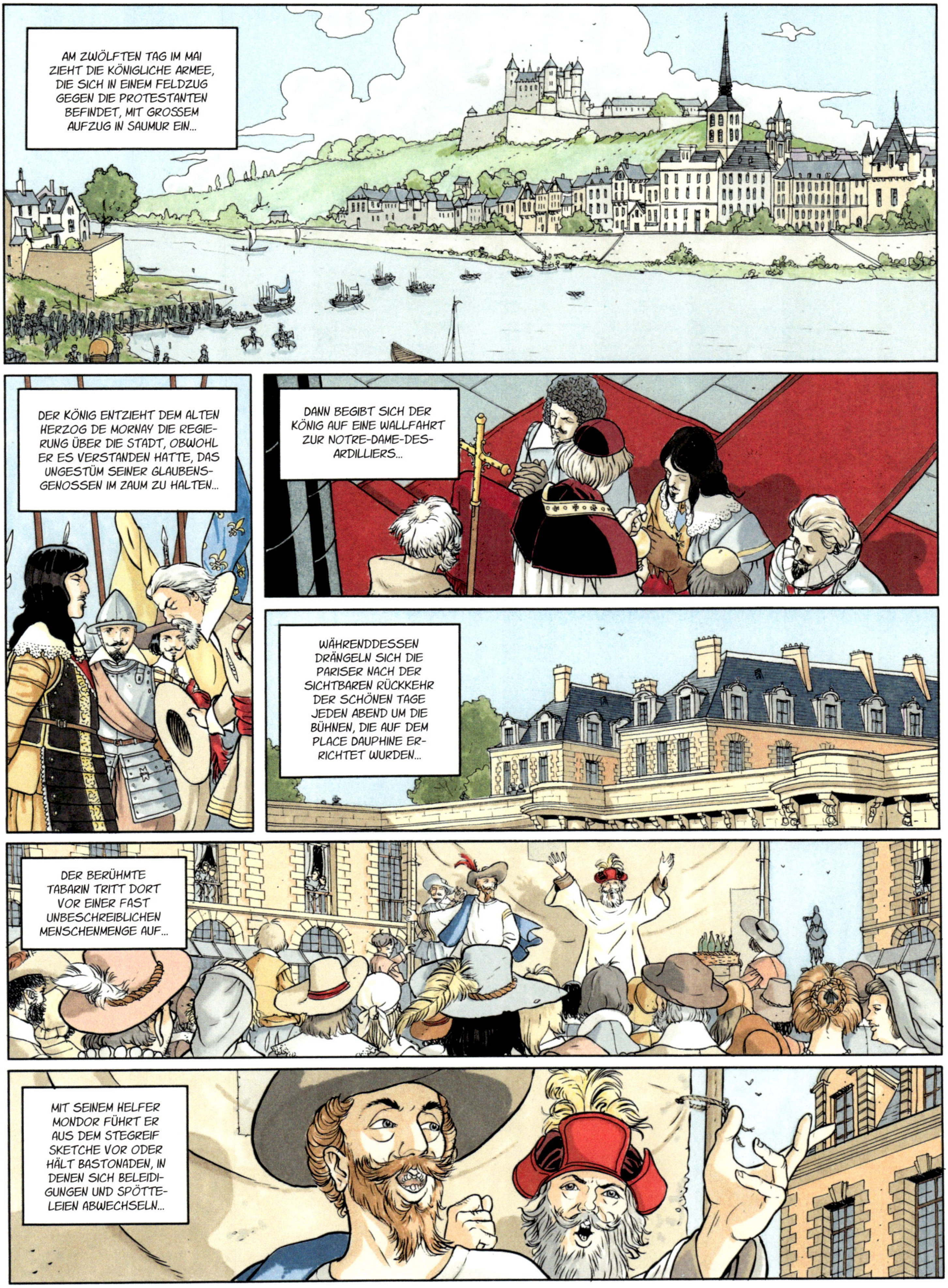
AM ZWÖLFTEN TAG IM MAI ZIEHT DIE KÖNIGLICHE ARMEE, DIE SICH IN EINEM FELDZUG GEGEN DIE PROTESTANTEN BEFINDET, MIT GROSSEM AUFZUG IN SAUMUR EIN...
DER KÖNIG ENTZIEHT DEM ALTEN HERZOG DE MORNAY DIE REGIERUNG ÜBER DIE STADT, OBWOHL ER ES VERSTANDEN HATTE, DAS UNGESTÜM SEINER GLAUBENSGENOSSEN IM ZAUM ZU HALTEN...
DANN BEGIBT SICH DER KÖNIG AUF EINE WALLFAHRT ZUR NOTRE-DAME-DES-ARDILLIERS...
WÄHRENDDESSEN DRÄNGELN SICH DIE PARISER NACH DER SICHTBAREN RÜCKKEHR DER SCHÖNEN TAGE JEDEN ABEND UM DIE BÜHNEN, DIE AUF DEM PLACE DAUPHINE ERRICHTET WURDEN...
DER BERÜHMTE TABARIN TRITT DORT VOR EINER FAST UNBESCHREIBLICHEN MENSCHENMENGE AUF...
MIT SEINEM HELFER MONDOR FÜHRT ER AUS DEM STEGREIF SKETCHE VOR ODER HÄLT BASTONADEN, IN DENEN SICH BELEIDIGUNGEN UND SPÖTTELEIEN ABWECHSELN...

MAN KANN NICHT GERADE SAGEN, DASS DAS NIVEAU DER VORSTELLUNG BESONDERS HOCH IST!...
VERDERBT EUCH NICHT DEN SPASS, MADAME: DIESER TABARIN IST SEHR LUSTIG, AUCH WENN ER NICHT GERADE FEINSINNIG IST!...
SCHON WIEDER EINE GESCHICHTE UM EINEN BETROGENEN EHEMANN...
NA UND? SIND BETROGENE EHE-MÄNNER ETWA NICHT LACHHAFT?...
ICH BEMITLEIDE SIE LIEBER...
DU HAST RECHT, ARIANE. IN IHREN SEELEN OFFEN-BAREN SICH IHR SCHMERZ UND IHR UNGLÜCK...
WER SEID IHR?...
MAN NENNT MICH LÉONARD FLINKZUNGE...
... ICH BIN FAHRENDER SÄNGER UND PUPPENSPIELER. MEINE GESCHICHTEN SIND SEHR VIEL GRAUSAMER ALS DIE DIESES ARMSELIGEN SCHARLATANS...
DIESER LAIE SCHAUSPIELERT DOCH NUR, UM SEINE ARZNEI ZU VERKAUFEN...
18.

DAS WAHRE THEATER BRAUCHT ANDERE MIT-STREITER. DEIN SOHN WIRD EINER VON IHNEN SEIN...
MEIN SOHN?
JA. EINE MEINER LIEBLINGS-PERSONEN. ER WIRD DEN TITEL DES KÖNIGS DER SCHAUSPIELER VERDIENEN, DA ER DIE KRONE SEINES VATERS NICHT HAT ERBEN KÖNNEN...
DU WIRST IHN AM ENDE DER SIEBEN LEBEN MEINES FALKEN TREFFEN...
MONSIEUR, ICH VERSTEHE NICHTS VON EUREN LÜGEN-GESCHICHTEN!...
SEID IHR VERRÜCKT?
ABER MIT WEM SPRECHT IHR DENN, MADAME!?!?
MIT DIESEM ALTEN MANN...
WELCHEM ALTEN MANN?
IHR HABT EINEN SONNENSTICH BEKOMMEN!...
KOMMT! ES IST ZEIT, NACH HAUSE ZURÜCK-ZUKEHREN...
19.

ICH HABE NICHT GETRÄUMT... DIESE VOGELSCHEUCHE WAR AUS FLEISCH UND BLUT...
WARUM HAT ER VON „MEINEM SOHN" UND VOM „THEATER" GESPROCHEN?...
VERGESST DIESEN STREICH...
OOOOOH!...
IHR SEID JA GANZ BLEICH?!...
WAS IST MIT EUCH?!
IHR SEID JA LEICHENBLASS!
ICH HABE NICHTS, NUR EIN UNWOHLSEIN...
BESTIMMT HABE ICH ETWAS SCHLECHT VERDAUT...
JETZT GEHT ES BESSER...
DU KANNST MICH LOSLASSEN!...
SCHADE!

AM 24. MAI KAPITULIERT DIE BEFESTIGTE STADT SAINT-JEAN-D'ANGÉLY VOR SEINER MAJESTÄT...
SEINE MUTTER, DIE KÖNIGIN MARIA, UND SEINE FRAU ANNA VON ÖSTERREICH STOSSEN MIT IHREN HOFDAMEN ZU SEINER ARMEE, UM DIESEN TRIUMPH ZU FEIERN...
MEINE FREUNDIN, ICH GLAUBE, DASS EUER PLATZ NICHT HIER IST. ES KÖNNTE GEFAHR DROHEN...
MEINE PFLICHT IST ES, SIE ZU TEILEN...
HÖRT MICH AN, MONSIEUR, ICH BIN BEREIT, UNSERE SCHWIERIG-KEITEN ZU VERGESSEN UND MEIN MÖGLICHSTES ZU TUN, UM EUCH ZU BETÖREN...
EIN KLEIN WENIG GUTER WILLEN VON EURER SEITE WÜRDE VOLLAUF GENÜGEN...
MADAME, ICH BIN GERÜHRT UND HÄTTE EUCH GERNE DAS WENIGE GEWÄHRT, WAS IHR MIT SO VIEL ANMUT ERBETEN HABT...
... ABER ICH KANN MEINE NATUR LEIDER NICHT ÄN-DERN!...

ANFANG JUNI HAT ANNA VON ÖSTER-REICH NEUE GRÜNDE, SICH ZU BEKLAGEN...
MADAME, ICH HABE SEHR SCHLECHTE NEUIGKEITEN AUS PARIS...
SPRECHT, MEIN GUTER LA PORTE!...
DIE AUSSEREHELICHEN ESKAPADEN IHRER MAJESTÄT HABEN FRÜCHTE GETRAGEN.
WAS? DIE BARONIN IST SCHWANGER!?!?...
IHR ARZT IST SICH SICHER...
DAS IST EINE KATASTROPHE, CATHAU!
WIR MÜSSEN DIE KÖNIGIN-MUTTER DARÜBER INFORMIEREN!...

MIR WAR DARAN GELEGEN, DASS MEIN BISCHOF VON LOUÇON UND MEIN JÜNGERER SOHN GASTON AN UNSEREM GEHEIMEN KRIEGSRAT TEIL-NEHMEN...
MONSIEUR... WAR BIS JETZT DER LEGITIME ERBE DER KRONE, UNTER DER ANNAHME, DASS DER KÖNIG, SEIN BRUDER, VERSTIRBT UND UNTER DER BEDINGUNG, DASS DIESER KEINEN MÄNNLICHEN ERBEN HAT...
DIESE ANGELEGENHEIT BETRIFFT MICH ALSO IM HÖCHSTEN MASSE!...
IST DIESE „KREATUR“ ÜBER IHREN ZUSTAND AUF DEM LAUFENDEN?
JA, EURE HOHEIT...
BESTIMMT WIRD SIE LUDWIG DARÜBER INFORMIEREN, UM DARAUS NUTZEN ZU ZIEHEN...
DAS IST KEINESWEGS SICHER, MADAME. TROTZ ALL DER SCHLECHTIGKEITEN, DIE IHR ÜBER SIE DENKT, IST DIE BARONIN DE TROÏL KEINE INTRIGANTIN.
WAS!? IHR VERTEIDIGT SIE!?!?
MEINE EIGENSCHAFT ALS SPION, DIE IHR MIR ZUGEBILLIGT HABT, ERLAUBT ES MIR, EUCH DIE GANZE WAHRHEIT ZU SAGEN...
FAHRT FORT...
ARIANE DE TROÏL IST IN IHREM DENKEN UND TUN VON EINER SELTENEN UNABHÄNGIGKEIT...

ICH BIN BEREIT ZU WETTEN, DASS SIE DAS KIND BEHALTEN WIRD, OHNE DEN KÖNIG ÜBER SEINEN ANTEIL AN DEM WERK ZU UNTERRICHTEN...
UND WARUM?
UM NICHT ZU RISKIEREN, IHN BLOSSZU-STELLEN UND IHN VON DEN PFLICHTEN SEINES AMTS ABZULENKEN...
... UND AUCH AUS RESPEKT VOR SEINER MAJESTÄT...
WAS FÜR EINE GUTE SEELE, WIRKLICH! WAS HALTET IHR DAVON, MUTTER?
DAS IST NUR LA PORTES MEINUNG! WIR TEILEN SIE NICHT...
WIR MÜSSEN DAVON AUSGEHEN, DASS ES SCHWIERIGKEITEN GIBT UND DE LUYNES BENACHRICHTIGEN, DAMIT ER EINEN MÖGLICHEN BOTEN ABFÄNGT...
ICH VERTRAUE DIESEM FALSCHEN GAUL NICHT. ER HAT EINEN ZU GROSSEN APPETIT, ALS DASS ER SICH MIT EINER EINZIGEN FUTTERKRIPPE BEGNÜGEN WÜRDE...
WAS SIEHST DU DEN SPLITTER IM AUGE DEINES BRUDERS...
OH! EUER GNADEN!...
NATÜRLICH! JEDER HIER WEISS SEHR WOHL, DASS IHR DAVON TRÄUMT, DASS DE LUYNES STÜRZT, UM SEINEN PLATZ BEI MEINEN DUMMKOPF VON BRUDER EINZUNEHMEN!...

ICH HANDLE NUR IM INTERESSE EURER MUTTER...
DARÜBER REDEN WIR SPÄTER!...
DAS REICHT JETZT, GASTON! WENN IHR EUCH AUF EURE HALTUNG VERSTEIFT, WERDE ICH EUCH AUSPEITSCHEN LASSEN!
ICH HABE EUCH GEWARNT, MUTTER! WAS DIESE DUMME SCHWATZLIESE BETRIFFT...
... WARUM NICHT IHRE NIEDERKUNFT BESCHLEUNIGEN? EIN STURZ VOM PFERD ODER IRGENDEIN ANDERER KLEINER „UNFALL", DER SICH GANZ UNGESTRAFT ORGANISIEREN LIESSE?...
NATÜRLICH HABE ICH DARAN GEDACHT, ABER DER SCHWANGERSCHAFTSABBRUCH IST EINE GROSSE SÜNDE! NICHT WAHR, EURE EMINENZ?
MADAME, ALS BISCHOF MUSS ICH EUCH SAGEN, DASS IN DER POLITIK ALLES VORRANG VOR DER MORAL HAT!...
TROTZDEM BIN ICH KEIN GLÜHENDER ANHÄNGER VON EXTREMEN LÖSUNGEN. UMSO MEHR, ALS UNS NICHTS VERBIETET ZU HOFFEN, DASS DIESES UNEHELICHE KIND EIN MÄDCHEN WIRD...
ABER WENN ES EIN JUNGE IST?...
... WENN ES BEIM TOD SEINES VATERS KEINE ANDEREN NACHKOMMEN GIBT, KANN ER DIE KRONE FÜR SICH BEANSPRUCHEN!...
IN DIESEM FALL, MADAME, BLEIBT DER UNFALL, VON DEM MONSIEUR SPRACH, DENKBAR!...
ABER DANN IST ES KEINE ABTREIBUNG MEHR, SONDERN MORD!
GOTT WIRD UNS VERGEBEN, ER WEISS, WIE SEHR ES DIE STAATSRÄSON GEBIETET!...
25.

DIE VORTREFFLICHEN BEGRÜNDUNGEN DES BISCHOFS VON LUÇON KONNTEN MARIA DE' MEDICI UND IHREN JÜNGEREN SOHN, GASTON, BESÄNFTIGEN. ZUMINDEST DEM ANSCHEIN NACH...
JEDE DIESER HOCHGESTELLTEN PERSÖNLICHKEITEN WENDET SICH WIEDER DEM TAGESGESCHÄFT ZU...
SPIONE HALTEN SIE TAGTÄGLICH ÜBER DIE ENTWICKLUNG DES ZUSTANDS DER KÜNFTIGEN MUTTER AUF DEM LAUFENDEN...
ANFANG JULI IST MONSIEUR, DER HERZOG VON ORLÉANS, SEHR ERBOST...
DIE SACHE WURDE BESTÄTIGT, EUER GNADEN: DIE BARONIN HAT SEIT DEM MONAT MAI KEINE BLUTUNGEN MEHR...
WIR WISSEN ES AUS SICHERER QUELLE AUS IHRER WÄSCHEREI...
UND DAS KIND HÄLT SICH?
LEIDER! ES SOLLTE DIESEN DEZEMBER ODER IM JANUAR NÄCHSTEN JAHRES DAS LICHT DER WELT ERBLICKEN...
IN SECHS MONATEN!? ICH HABE KEINE GEDULD, SO LANGE ZU WARTEN...
DU TRINKST ZU VIEL, GERMAIN!
PAH!...

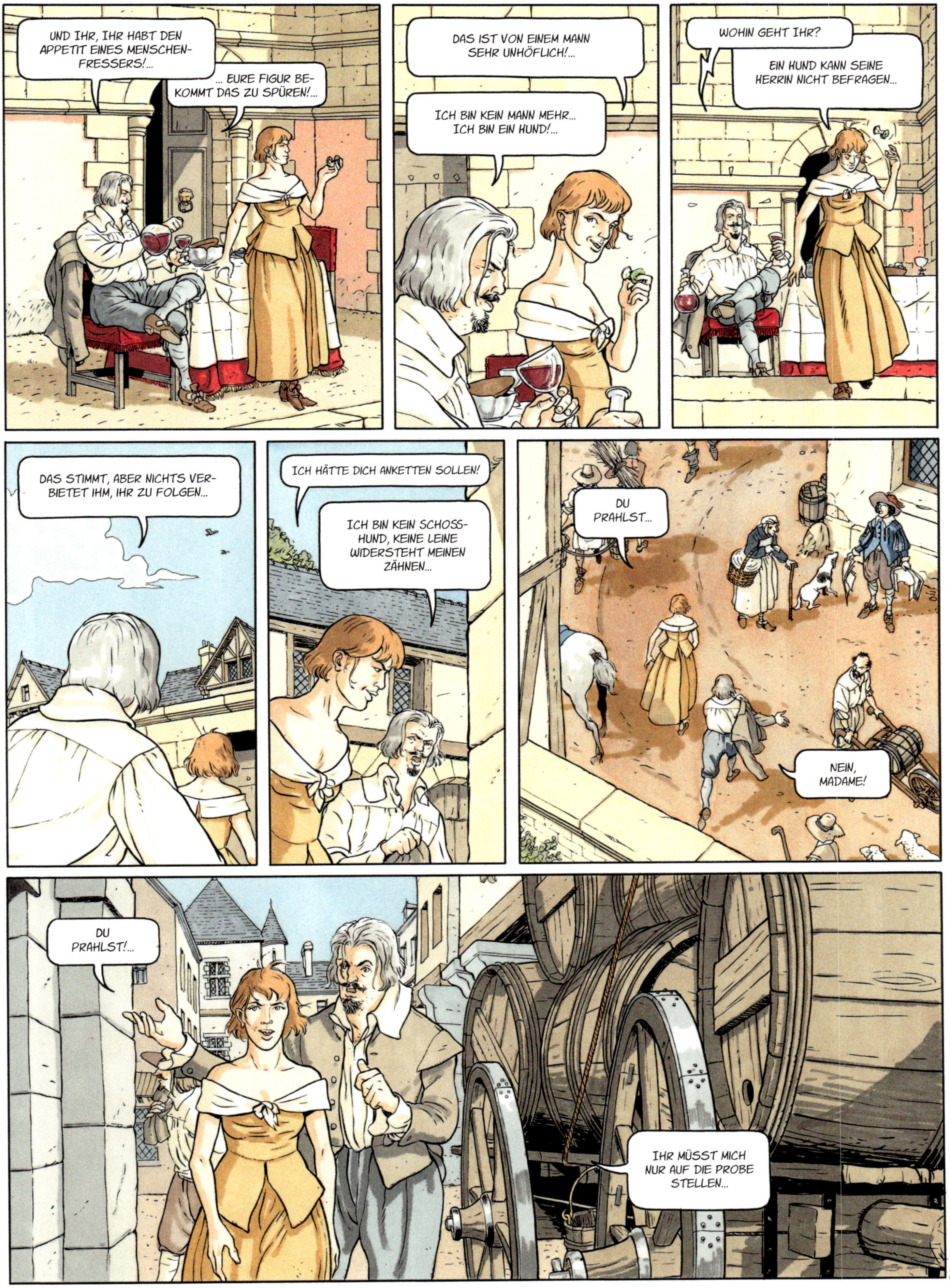
UND IHR, IHR HABT DEN APPETIT EINES MENSCHEN-FRESSERS!...
... EURE FIGUR BE-KOMMT DAS ZU SPÜREN!...
DAS IST VON EINEM MANN SEHR UNHÖFLICH!...
ICH BIN KEIN MANN MEHR... ICH BIN EIN HUND!...
WOHIN GEHT IHR?
EIN HUND KANN SEINE HERRIN NICHT BEFRAGEN...
DAS STIMMT, ABER NICHTS VER-BIETET IHM, IHR ZU FOLGEN...
ICH HÄTTE DICH ANKETTEN SOLLEN!
ICH BIN KEIN SCHOSS-HUND, KEINE LEINE WIDERSTEHT MEINEN ZÄHNEN...
DU PRAHLST...
NEIN, MADAME!
DU PRAHLST!...
IHR MÜSST MICH NUR AUF DIE PROBE STELLEN...

CLAC!
VORSICHT!
DAS WAR KNAPP!
IN DER TAT!
DAS WAR EIN UNFALL...
DAS WAR EIN ATTENTAT!

IM ÜBRIGEN SEHT SELBST! DAS SEIL WURDE DURCHGESCHNITTEN...
MAN WOLLTE EUCH ZERQUETSCHEN, SONST HÄTTE MAN ES ANDERS ANGESTELLT!
WARUM ICH?
DIESE FRAGE WOLLTE ICH GERADE EUCH STELLEN.
JEDENFALLS DANKE, GERMAIN!
KEINE URSACHE, BARONIN...
ICH BIN EIN WACHHUND. MEINE AUFGABE IST ES, EUCH VOR ALLEM ZU BESCHÜTZEN UND SEI ES GEGEN EUREN WILLEN...
NA GUT, UM DICH DAFÜR ZU BELOHNEN, LADE ICH DICH ZU EINEM GLAS EIN!
DA SAGE ICH NICHT NEIN...
... ABER ICH DACHTE, ES WÄRE EIN GROSSES LASTER ZU TRINKEN!
ALLES IM RAHMEN...

DIE BARONIN LEBT IMMER NOCH?
JA, EUER GNADEN... ES SIND DIE UMSTÄNDE, DIE...
DIE „UMSTÄNDE", LA PORTE? MEINST DU, ICH SOLLTE MICH DEN UMSTÄNDEN UNTERWERFEN...
NEIN, EURE HERRLICHKEIT...
DANN SOLLTEST DU WISSEN, WAS DU ZU TUN HAST...
JA, MONSIEUR! ICH KÖNNTE ZUM BEISPIEL...
ICH WILL NICHTS DAVON WISSEN, LA PORTE. NUR DAS ERGEBNIS ZÄHLT!...
ES WIRD BESTIMMT AUSLAGEN GEBEN, DURCHLAUCHT...
DU MEINST GELD?
JA, GELD IST EIN NOTWENDIGES ÜBEL...
GOTT SEI DANK BIN ICH DAMIT REICHLICH AUSGESTATTET...
HEUTE ABEND WERDE ICH DIR DURCH MEINEN QUARTIERMEISTER 10.000 ÉCUS ZUKOMMEN LASSEN...

30.

MITTE JULI ERFÄHRT MAN IN PARIS, DASS DER KÖNIG, DER IN SÜDFRANKREICH IMMER NOCH DURCH SEINEN FELDZUG GEGEN DIE EVANGELISCHEN KETZER ZURÜCKGEHALTEN WIRD, AM 3. KÖNIGLICHE BRIEFE AN SEIN PARLAMENT GESCHRIEBEN HAT, UM ES DARÜBER ZU INFORMIEREN, DASS ER WÜNSCHT, DEN TITEL DES GRÜNDERS DER NEUEN KLOSTERKAPELLE VON PICPUS ANZUNEHMEN... MAN MUNKELT AUCH, DASS ERZHERZOG ALBERT IN BRÜSSEL OHNE JEGLICHE NACHKOMMEN VERSTORBEN IST. DAS IST DAS ENDE DER UTOPISCHEN UNABHÄNGIGKEIT DER KATHOLISCHEN NIEDERLANDE... ANFANG AUGUST GIBT ES BEI DEN HUGENOTTEN IN DER GUYENNE UND IN DER GASCOGNE WEITER UNRUHEN... VOM KÖNIG EXTRA ZUM KONNETABEL ERNANNT, BELAGERT ALBERT DE LUYNES SEIT DEM 18. MONTAUBAN...
IN IHREM STADTHAUS WIRD DIE BARONIN DE TROÏL IMMER NOCH VON SCHWÄCHEANFÄLLEN UND UNWOHLSEIN HEIMGESUCHT... GERMAIN MACHT SICH DESWEGEN SORGEN...
IHR SOLLTET EUCH VIELLEICHT VON EINEM ARZT UNTERSUCHEN LASSEN, MADAME...
ICH HABE NICHT ERST AUF DEINEN RAT GEWARTET...
UND? WAS IST SEINE DIAGNOSE?
DAS GEHT DICH NICHTS AN!...

EINEN EINWAND DIESER ART HABE ICH ERWARTET, UND UM IHM ZU BEGEGNEN KONSULTIERTE ICH EINEN AUSGEZEICHNETEN ARZT...
ICH HABE IHM LANG UND BREIT ALLE SYMPTOME EURER ERSTAUNLICHEN KRANKHEIT GESCHILDERT...
ICH HABE IHM AUCH GESAGT, DASS EUER APPETIT NICHT ZURÜCKGEGANGEN IST UND IHR GANZ IM GEGENTEIL WIE EIN VIELFRASS ESST... SO SEHR, DASS EURE HÜFTEN BEGINNEN, IN DIE BREITE ZU GEHEN, VOM REST GANZ ZU SCHWEIGEN...
UND WAS HAT ER DARAUS GESCHLOSSEN?
IHR WERDET LACHEN, MADAME...
GLAUBST DU?
ER HAT GESCHLOSSEN, DASS IHR SCHWANGER SEID!...
OBWOHL EIN HUND, BIST DU NICHT GANZ DUMM, GERMAIN...
DANN IST ES ALSO WAHR!? IHR SEID SCHWANGER!?!?...
... ABER VON WEM!?!?...
ERRÄTST DU DAS NICHT?
KÖNNTE ES DER... KÖNIG SEIN?!
ABER NEIN, DAS IST UNMÖGLICH: DER KÖNIG IST EIN ARMER KERL! ER MAG KEINE FRAUEN!...
32.

DIE EINGEBILDETE PUTE HAT SICH ENDLICH ENTSCHLOSSEN, IHR NEST ZU VERLASSEN...
NICHT ZU FRÜH!...
SEIT WOCHEN WARTEN WIR AUF DIESE GELEGENHEIT!...
DIE EINKÄUFE HAT BISHER IMMER IHR DIENER ERLEDIGT!...
EBEN! WIRD ER UNSERE PLÄNE NICHT DURCHKREUZEN?
ER TRÄGT DEN DEGEN, ALS WÄRE ER EIN EDELMANN! ABER WEISS ER IHN AUCH ZU GEBRAUCHEN?
DAS WÜRDE MICH SEHR WUNDERN. SOBALD ER SIEHT, DASS WIR UNSERE WAFFEN ZIEHEN, WIRD ER DASSELBE WIE ALLE LAKAIEN TUN UND SO SCHNELL WIE MÖGLICH VERSCHWINDEN!...
UND WENN DU DICH IRRST? WENN ER SICH WEHRT, UM SEINE HERRIN ZU VERTEIDIGEN?
ER IST GROSS UND STARK...
WIR SIND ZAHLREICH GENUG, UM MIT IHM FERTIG ZU WERDEN!...
AU CA
33.

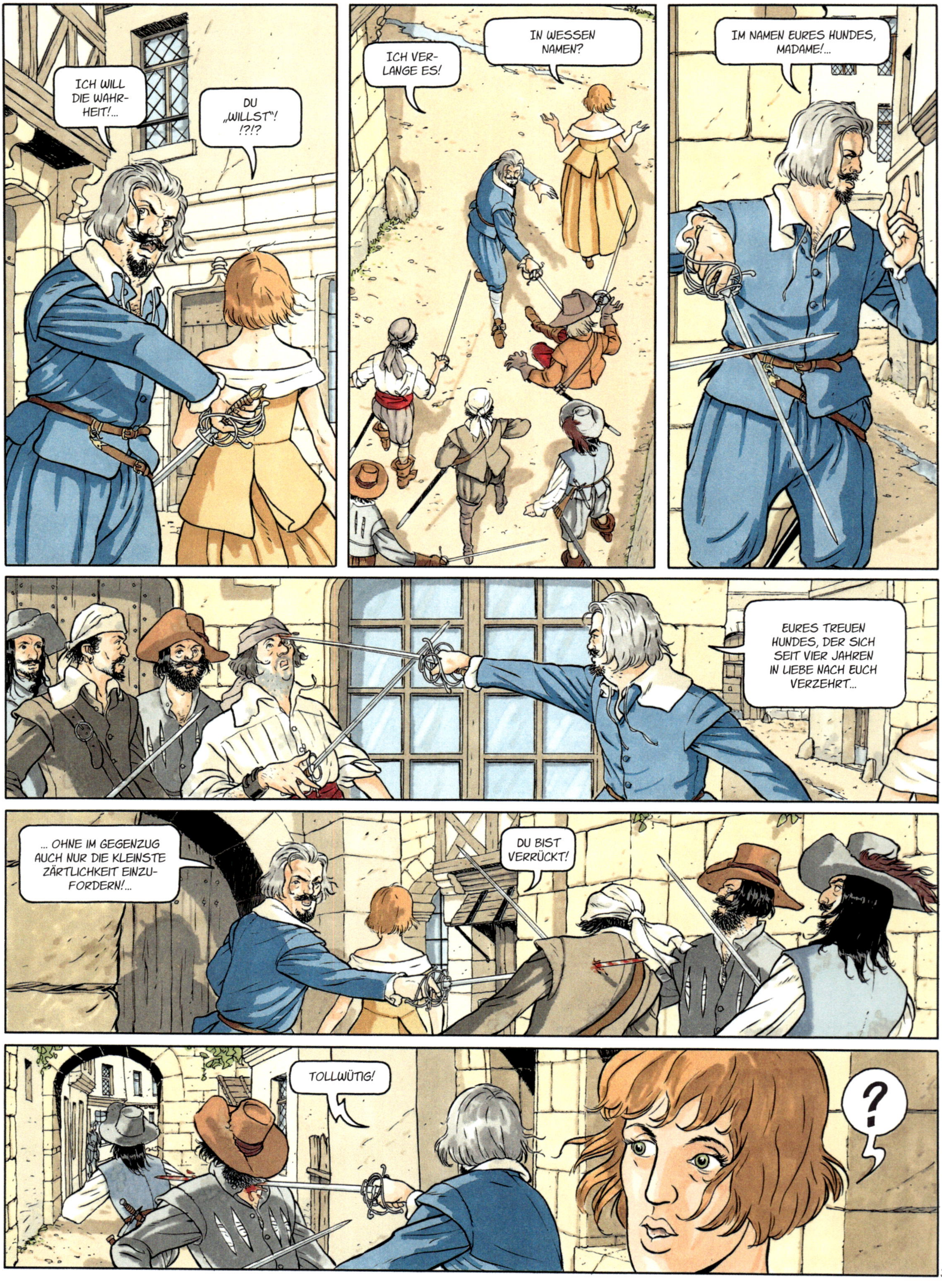

ICH WILL DIE WAHRHEIT!...
DU „WILLST“! !?!?
ICH VERLANGE ES!
IN WESSEN NAMEN?
IM NAMEN EURES HUNDES, MADAME!...
EURES TREUEN HUNDES, DER SICH SEIT VIER JAHREN IN LIEBE NACH EUCH VERZEHRT...
... OHNE IM GEGENZUG AUCH NUR DIE KLEINSTE ZÄRTLICHKEIT EINZUFORDERN!...
DU BIST VERRÜCKT!
TOLLWÜTIG!
?
34

WIR MÜSSEN HIER WEG, GERMAIN...
WARUM, MADAME?
DU HAST VIER MÄNNER GETÖTET!...
OH! WIRKLICH SO VIELE?!
WEISST DU, WAS SIE WOLLTEN?
UNWICHTIG, BARONIN!...
SIE SCHIENEN SEHR SCHLECHTE ABSICHTEN ZU HEGEN...
FÜR MICH WAREN ES NUR ARMSELIGE GAUNER, DIE UNSERE BÖRSEN WOLLTEN ODER STROLCHE, DIE AUF EURE TUGEND AUS WAREN...
ES SEI DENN, SIE WAREN GEDUNGEN?...
VERSUCHT NICHT, DAS GESPRÄCHSTHEMA ZU WECHSELN!...
DA EIN HUND KEINEN RESPEKT VERDIENT... WÜNSCHE ICH WENIGSTENS EUER VERTRAUEN!...

DAS BIEST LEBT IMMER NOCH?
JA, MONSIEUR, WIEDER WEGEN IHRES DIENERS...
... EIN WAHRHAFTER ROHLING, DER SIE ANSCHEINEND ALLE MÜHELOS UMGEBRACHT HAT, BIS AUF EINEN, DER MIR SO SEINE GESCHICHTE ERZÄHLEN KONNTE!...
WARUM ZUM TEUFEL MUSS ICH IMMER NUR VON UNFÄHIGEN UMGEBEN SEIN, LA PORTE?
IHR HABT MICH OFFENBAR NICHT GUT GENUG BEZAHLT, UM MICH IN DIE LAGE ZU VERSETZEN, FÄHIGERE LEUTE ANZUHEUREN...
... MIT FÜNFHUNDERTTAUSEND LIVRES KÖNNTE ICH DIE BESTEN SCHERGEN DER HAUPTSTADT ANWERBEN!...
FÜNFHUNDERTTAUSEND LIVRES! DIE PEST... DAS IST DER PREIS FÜR EINE PRUNKKUTSCHE SAMT MANNSCHAFT!...
DER ERSTE PRINZ VON BLUTS WEGEN WÜRDE SICH ZWEIFELSOHNE ERNIEDRIGEN, WÜRDE ER DEN EINDRUCK ERWECKEN, GEIZIG ZU SEIN ODER AUF SEINE AUSGABEN ZU ACHTEN!...

AM 1. SEPTEMBER...
NOCHMALS DANKE, GERMAIN!...
IMMER NOCH KEINE URSACHE, MADAME...
OBGLEICH, WENN MAN DARÜBER NACHDENKT, EIN HUND WIE ICH IM GEGENZUG FÜR SEINE ARBEIT ALS WÄCHTER AUF EIN ODER ZWEI LIEBKOSUNGEN HOFFEN KÖNNTE...
ICH SEHE ES DIR AN DER NASENSPITZE AN, DASS DEINE SCHERGEN WIEDER PECH GEHABT HABEN!
JA, MONSIEUR. DER BEWAFFNETE DIENER DER BARONIN IST EIN TEUFEL...
ER TÖTET SO WIE ER ATMET!...
ICH WERDE GEZWUNGEN SEIN, MICH PERSÖNLICH UM DIESE ANGELEGENHEIT ZU KÜMMERN... MIT DER HILFE MEINES HIER ANWESENDEN GUTEN FREUNDES...
MONSIEUR, DER GRAF FRANÇOIS DE MONTMORENCY-BOUTEVILLE IST UNBESTRITTEN DIE BESTE KLINGE FRANKREICHS UND VIELLEICHT DER GANZEN WELT!...
MIT DREIUNDZWANZIG JAHREN HAT ER BEREITS VIERZEHN DUELLE FÜR SICH ENTSCHIEDEN! ICH SPRECHE NATÜRLICH NUR VON LEGALEN KÄMPFEN ENTSPRECHEND DEN VORSCHRIFTEN...

FÜNFZEHN, EURE HERRLICHKEIT! AM ERSTEN DES VERGANGENEN JUNI HABE ICH DEN GRAFEN VON THORIGNY GETÖTET...
ER WIRD KEINERLEI MÜHE HABEN, UNS DEN LÄSTIGEN DIENER UND DANACH DIE DAME VOM HALS ZU SCHAFFEN...
UND DAS, EUER GNADEN, KOSTET EUCH KEINEN SOU...
WAS LEST IHR, BARONIN?
EIN BÜCHLEIN VON THÉOPHILE DE VIAU...
ABER DIESER FALSCHE HUGENOTTE IST EIN NOTORISCHER FREIGEIST!...
EIN REUIGER FREIGEIST! ER HAT GERADE EINEN SAMMELBAND MIT GEDANKEN VERÖFFENTLICHT, WO ER BESTÄTIGT, DASS DIE SEELE UNSTERBLICH IST...
MADAME, ICH WUSSTE NICHT, DASS EUCH SOLCHE ALBERNHEITEN ANZIEHEN!
VIELLEICHT, WEIL ICH NICHT MEHR ALLEINE BIN. IN ZUKUNFT MUSS ICH MICH DARUM KÜMMERN, ZWEI GEMÜTER AUFZUZIEHEN...
IHR SEID EIN MÄDCHEN, MADAME, UND WENN DAS KIND, DAS IHR TRAGT, AUCH EINES IST, VERLIERT IHR NUR EURE ZEIT, DENN ES IST BEKANNT, DASS DIE SEELE DAS MONOPOL DES MÄNNLICHEN GESCHLECHTS IST!...
DANN IST DEINE SEELE ALSO IN DEINEM SPATZENGESANG VERSTECKT?
IHR MACHT WEITERHIN WORTSPIELE, DAMIT ICH DEN BODEN UNTER DEN FÜSSEN VERLIERE! IHR HABT KEIN HERZ...
38

DAS HERZ UND DIE SEELE SIND MITEINANDER VERBUNDEN...
IHR VERSUCHT IMMER NUR VERWIRRUNG ZU STIFTEN!
HÜTET EUCH, MADAME, ICH HABE KEINE GEDULD MEHR!...
LASS MICH LOS!
NEIN, DU FLITTCHEN. ERST SPUCKST DU MIR DEN NAMEN DES SPASSVOGELS AUS, DER DICH GESCHWÄNGERT HAT!...
ICH BITTE EUCH, DIESE EINMISCHUNG IN EURE LIEBENSWÜRDIGE DISKUSSION ZU ENTSCHULDIGEN, ABER ES IST KEIN SAMENKORN, DAS ICH IN DEN BAUCH VON MADAME PFLANZEN MÖCHTE...
?!
WER SEID IHR, MONSIEUR?
DER GRAF VON MONTMORENCY...
UND ALS GRAF, SCHNEIDIG, EDELMANN UND SEHR AUF EURE EHRE BEDACHT, HABT IHR KEINE SCHAM, EINE DAME SO ANZUGREIFEN?
MAN HAT MIR ZU VERSTEHEN GEGEBEN, DASS SIE EIN DÄMON AUS DER HÖLLE WÄRE, DER AUF DIE ERDE GEKOMMEN IST, UM DIE MÄNNER ZU VERFÜHREN UND DASS ICH, BEVOR ICH ZU IHR VORDRINGEN KANN, ZUERST EUCH TÖTEN MÜSSTE!...

MAN HAT EUCH NICHT BELOGEN, MEIN LIEBER, ALSO LOS...
ERDE, HIMMEL...
GEKREUZT, EN GARDE!...
PRIME!
SECONDE!
TERZ!
PARADE!
GEGENSTOSS! UND JETZT AUFGEPASST...
DAS WAR NUR DAS VORSPIEL, MONSIEUR, UM DAS VERGNÜGEN ZU VERLÄNGERN, DASS ICH IN EURER GEGENWART EMPFINDE!
?
DAS NÄCHSTE MAL SCHLAGE ICH EIN WENIG HÄRTER ZU...
MONSIEUR! DARF ICH MIR ERLAUBEN, EUCH ZU FRAGEN, WOHER IHR DIESEN STOSS KENNT?

ICH KENNE NUR EINEN MENSCHEN AUF DER WELT, DER FÄHIG IST, IHN MIT EINEM SOLCHEN GESCHICK AUSZU-FÜHREN: DEN HERZOG VON NEVERS!...
JA, ABER DIESER HERZOG HAT SICH NUR VOM HAUPTMANN DE TROÏL INSPIRIEREN LASSEN...
IHR HABT DEN RITTER DE TROÏL GETROFFEN?...
ICH HABE DIE EHRE GEHABT, SEIN BESTER WAFFENBRUDER ZU SEIN... BEVOR ER VOR ACHTZEHN JAHREN NACH AMERIKA VERSCHWUNDEN IST!...
IN DIESEM FALL...
... WURDE ICH ÜBER EUCH SCHWER GETÄUSCHT. ICH WÄRE GLÜCKLICH, WENN WIR FREUNDE WERDEN WÜRDEN...
ICH BEDAURE AUFRICH-TIG, ABER MEIN HERZ IST BEREITS VERGEBEN.
DAS IST SCHADE. DENNOCH WÜRDE ICH EUCH GERNE WIEDERSEHEN... IN ALLEN EHREN...
ICH WERDE KEINE ZEIT HABEN...
WENN IHR EURE MEINUNG ÄNDERT, WERDET IHR MICH IM STADTHAUS ROYAUMONT FINDEN. ICH HABE DORT EINEN WAFFENSAAL, DER EUCH IMMER ZUR VERFÜGUNG STEHT...

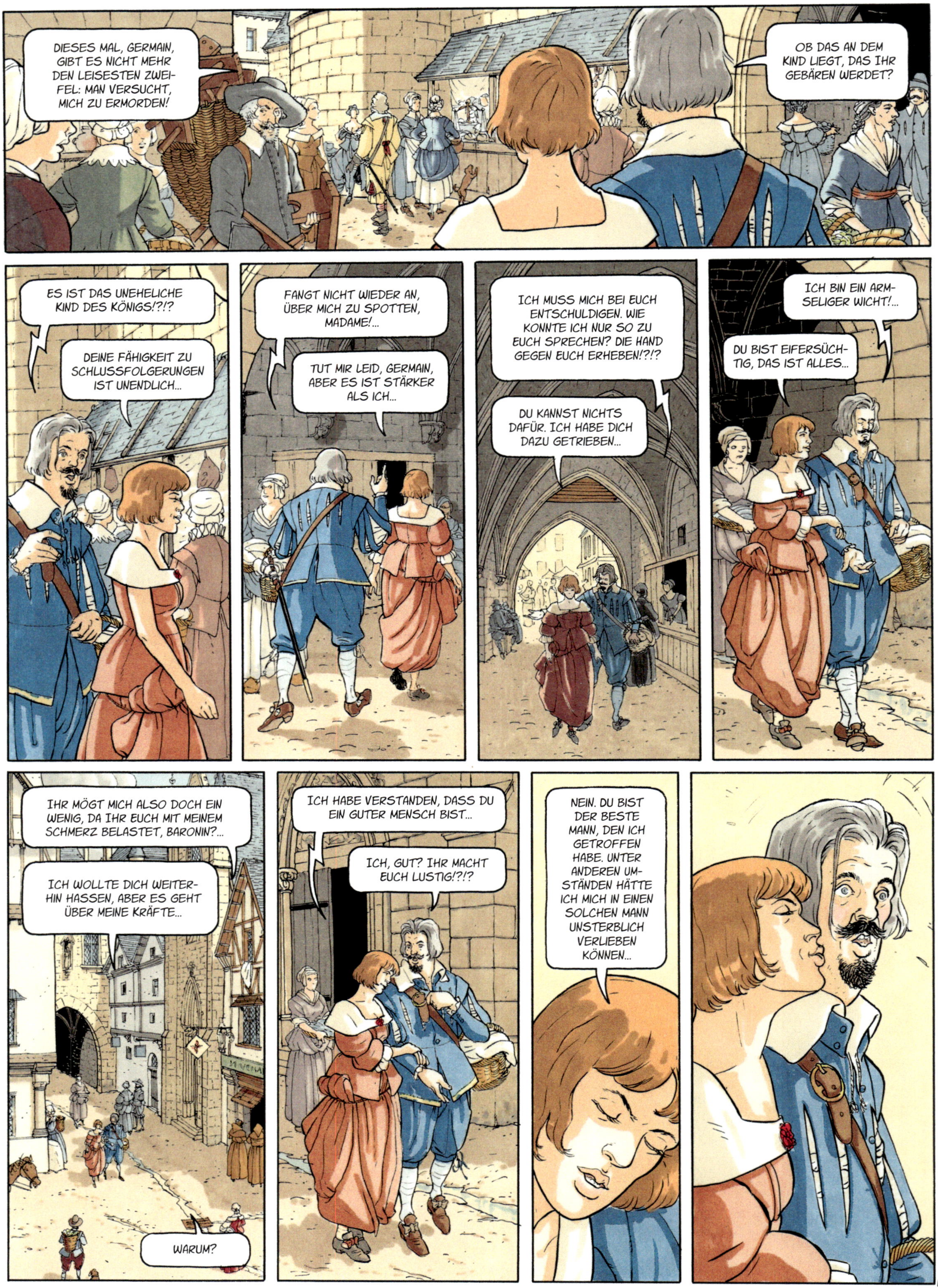
DIESES MAL, GERMAIN, GIBT ES NICHT MEHR DEN LEISESTEN ZWEIFEL: MAN VERSUCHT, MICH ZU ERMORDEN!
OB DAS AN DEM KIND LIEGT, DAS IHR GEBÄREN WERDET?
ES IST DAS UNEHELICHE KIND DES KÖNIGS!?!?
DEINE FÄHIGKEIT ZU SCHLUSSFOLGERUNGEN IST UNENDLICH...
FANGT NICHT WIEDER AN, ÜBER MICH ZU SPOTTEN, MADAME!...
TUT MIR LEID, GERMAIN, ABER ES IST STÄRKER ALS ICH...
ICH MUSS MICH BEI EUCH ENTSCHULDIGEN. WIE KONNTE ICH NUR SO ZU EUCH SPRECHEN? DIE HAND GEGEN EUCH ERHEBEN!?!?
DU KANNST NICHTS DAFÜR. ICH HABE DICH DAZU GETRIEBEN...
ICH BIN EIN ARMSELIGER WICHT!...
DU BIST EIFERSÜCHTIG, DAS IST ALLES...
IHR MÖGT MICH ALSO DOCH EIN WENIG, DA IHR EUCH MIT MEINEM SCHMERZ BELASTET, BARONIN?...
ICH WOLLTE DICH WEITERHIN HASSEN, ABER ES GEHT ÜBER MEINE KRÄFTE...
WARUM?
ICH HABE VERSTANDEN, DASS DU EIN GUTER MENSCH BIST...
ICH, GUT? IHR MACHT EUCH LUSTIG!?!?
NEIN. DU BIST DER BESTE MANN, DEN ICH GETROFFEN HABE. UNTER ANDEREN UMSTÄNDEN HÄTTE ICH MICH IN EINEN SOLCHEN MANN UNSTERBLICH VERLIEBEN KÖNNEN...

NIEMALS WERDE ICH DEN KUSS VERGESSEN, DEN IHR MIR MIT EUREN LIPPENSPITZEN GABT! IN MEINEN AUGEN WERDE ICH NIEMALS WIEDER EIN HUND SEIN...
GIB DICH DENNOCH KEINEN ALLZU GROSSEN ILLUSIONEN HIN. DU KENNST DAS SPRICHWORT: DIE KATZE LÄSST DAS MAUSEN NICHT...
UNWICHTIG, VERDAMMT!...
ICH BIN WIEDER EIN MANN! EIN GLÜCKLICHER MANN!
?!
MONSIEUR, IHR HABT MICH ÜBER DIE WARE BELOGEN: DIE BARONIN UND IHR DIENER SIND BEZAUBERNDE LEUTE...
ICH VERPFLICHTE EUCH, SIE NICHT MEHR ZU BELÄSTIGEN, WENN IHR VERMEIDEN WOLLT, ES MIT MIR ZU TUN ZU BEKOMMEN!
WAS! IHR LASST EUCH VON DIESEM KERL VERHÖHNEN!?!?
JA. BOUTEVILLE IST ZU VERRÜCKT, ALS DASS ICH SEINE DROHUNG NICHT ERNST NEHME!
IHR GEBT ALSO AUF?...
SAG DOCH KEINE DUMMHEITEN! ES KANN SICH IMMER NOCH EIN „UNFALL" EREIGNEN...
43.

ÜBER WIE VIEL ZEIT VERFÜGEN WIR NOCH?
ÜBER FÜNF MONATE, MONSIEUR. DIE BARONIN WIRD IHREN ZUSTAND BALD NICHT MEHR VERHEIMLICHEN KÖNNEN...
IHR ARZT HAT MIR GESAGT, DASS SIE IN ERWÄGUNG ZIEHT, PARIS ZU VERLASSEN, UM FRISCHE LANDLUFT ZU SCHNAPPEN UND DASS SIE EIN KLEINES, DISKRETES HAUS IN CHARENTON GEMIETET HAT...
UND LUDWIG WEISS ÜBER DIESE POSSE IMMER NOCH NICHT BESCHEID?
JA. DE LUYNES IST SICH GANZ SICHER. DER KÖNIG HAT SEINER MÄTRESSE OFT GESCHRIEBEN, ABER NIE AUCH DIE GERINGSTE ANTWORT ERHALTEN, WORÜBER ER SEHR BETRÜBT IST...
DE LUYNES KÖNNTE LÜGEN. DE LUYNES KÖNNTE UNS GENAUSO GUT VERRATEN...
ABER AUS WELCHEM GRUND?
UM MEIN ANSEHEN BEI MEINEM LIEBEN BRUDER ENDGÜLTIG ZU RUINIEREN. ER KÖNNTE DANN VON SEINER GUNST PROFITIEREN, OHNE SIE TEILEN ZU MÜSSEN...
WARUM BEUGEN WIR DER GEFAHR DANN NICHT VOR?
ERINNERT IHR EUCH NICHT AN DIESE KLEINE AUFREGUNG, DIE IM LETZTEN MAI HERR BÉLOT, DER BERÜHMTE ASTROLOGE, VERURSACHT HAT?
DIESER KOMISCHE KAUZ HAT DEN TOD DES KONNETABEL, SOWIE SEHR GROSSE VERÄNDERUNGEN IM STAAT VORAUSGESAGT...
ES WÄRE DOCH KEIN SO GROSSES VERBRECHEN, SICH DEN STERNEN GENEIGT ZU ZEIGEN...
44.

EINEN MONAT SPÄTER BRICHT EIN FEUER AUF DER BRÜCKE MARCHAND AUS UND GREIFT BALD AUF DIE PONT AU CHANGE ÜBER...
AM 10. NOVEMBER FINDET SICH DER ARME HERZOG VON LUYNES ANGESICHTS DES WIDERSTANDS DER PROTESTANTISCHEN TRUPPEN, DIE IN MONTAUBAN BELAGERT WERDEN, DAMIT AB, MIT DEN AUFSTÄNDISCHEN ZU VERHANDELN UND ABZUZIEHEN...
DIESE NIEDERLAGE RUINIERT SEIN ANSEHEN BEI ALLEN MITGLIEDERN DES KÖNIGLICHEN RATS VÖLLIG, SELBST LUDWIG IST EIN WENIG RATLOS. ER BEGINNT, MIT CONDÉ ZU LIEBÄUGELN...
LUYNES HAT JETZT ANGST. ICH KANN MIR GUT VORSTELLEN, DASS ER, VON SPÄTER REUE ERFASST, ALLES AUFDECKEN WIRD, UM WIEDER IN GNADE ZU FALLEN...
WIR MÜSSEN SO SCHNELL WIE MÖGLICH ZUSCHLAGEN, BEVOR ER ES TUT. WARUM NICHT GIFT?...
ICH SAGE EUCH, LUYNES IST MISSTRAUISCH. ER ISST UND TRINKT ERST, NACHDEM EIN VORKOSTER VON ALLEM PROBIERT HAT...
ABER IHR, MADAME, DIE IHR SEINE GEMAHLIN SEID, WERDET KEINE SCHWIERIGKEITEN HABEN, SEINE WACHSAMKEIT ZU MINDERN...
WAS FÜR EINEN NUTZEN WÜRDE ICH AUS DIESER NIEDERTRACHT ZIEHEN?
45.

IHR WERDET VON EUREM VERSTORBENEN EHEMANN ERBEN UND ICH KÖNNTE DIESE ERBSCHAFT BETRÄCHTLICH ERGÄNZEN, WAS EUCH ZUR REICHSTEN WITWE VON PARIS MACHEN WÜRDE...
UND DANN VERPFLICHTE ICH MICH, EUCH MIT MEINEM ALTEN FREUND, DEM HERZOG DE CHEVREUSE ZUSAMMENZUBRINGEN, EIN WITWER UND SO ALT, DASS ER EUCH NICHT MIT SEINEM VERLANGEN BELÄSTIGEN WIRD...
HERZOGIN VON CHEVREUSE KLINGT ZIEMLICH GUT!
AM 15. DEZEMBER BEFIEHLT CHARLES D'ALBERT, HERZOG VON DE LUYNES, GOTT SEINE SEELE, WOFÜR DIE ÄRZTE DAS NEUE-WELT-FLECKFIEBER VERANTWORTLICH MACHEN...
MAN SAGT, DASS DER KÖNIG ÜBER DIESEN PLÖTZLICHEN TOD GLEICHZEITIG ERLEICHTERT UND BETRÜBT IST UND, VON DIESEM EINFLUSS BEFREIT, SEINE GESCHÄFTE NUN ENDLICH VOLLKOMMEN SELBSTSTÄNDIG FÜHREN WILL.
AM 13. JANUAR 1622 WIRD DIE BARONIN VON TROÏL EINEN JUNGEN GEBÄREN...
ABER DAS IST DER BEGINN EINER ANDEREN GESCHICHTE... WAS UNS BETRIFFT, WIRD IHRE FORTSETZUNG EUCH IN DER NÄCHSTEN EPISODE ERZÄHLT WERDEN, DIE AUS DIESEM ANLASS „DIE SCHWARZE WITWE" ALS TITEL TRÄGT...
TEXT: PATRICK COTHIAS
ZEICHNUNGEN: MARCO VENANZI
FARBEN: EDGARD FAVAUX, MARCO VENANZI

Ritter Condor
Eisenmaske
Cagoulard
Katharina von Medici
Cyrano de Bergerac
Molière
Heinrich IV.
Ludwig XIV.
Ludwig XIII.
Gabriel von Troïl
Mazarin
Richelieu
Ariane von Troïl
Yvon von Troïl
Die Zyklen:
Die 7 Leben des Falken
Der Rote Falke
Des Königs Narr
Cœur brûlé *
Le masque de fer *
Ninon secrète *
* noch nicht auf Deutsch erschienen
BRICE 1995